I0548597

À un Ami

TOURMENTÉ DU DÉSIR DE VENIR HABITER PARIS.

A UN AMI

TOURMENTÉ DU DÉSIR DE VENIR HABITER PARIS.

ÉPITRE

Qui a obtenu une Mention honorable à l'Académie des Jeux floraux.

(Concours de 1851.)

PAR

PLACIDE COULY.

Le foyer paternel jamais n'est remplacé !

———————●———————

Paris,

CHEZ TOUS LES LIBRAIRES.

————————

1851

A UN AMI

TOURMENTÉ DU DÉSIR DE VENIR HABITER PARIS.

Tu fais appel, ami, dans ta lettre dernière,
A ma protection pour sortir de l'ornière
Où te retient, dis-tu, comme un vieux trépassé,
Le vœu de tes parents, amoureux du passé ;
Et pour t'aider à vaincre et prières et larmes,
Tu veux que je t'approuve et te prête des armes.
Un tableau séduisant des charmes de Paris,
Des merveilles des arts par toi toujours chéris,
Doit, à n'en point douter, si j'en crois ton langage,
Adoucir tes gardiens et finir ton servage,
Et, t'enlevant enfin à ta triste cité,
Te rendre le bonheur avec la liberté !

Ta digne et tendre mère en moi veut voir un sage,
Oubliant que des fous j'ai contracté l'usage,
Que j'habite Paris, et son cœur en éveil
A mon peu de bon sens vient demander conseil;
Pour elle, mon avis sera plus qu'un oracle,
Il peut en ta faveur renverser tout obstacle.

Conseil!..... homme prudent ne devrait en donner.
Rarement ceux qu'on blâme aiment à pardonner;
C'est pour avoir raison souvent que l'on consulte,
Et l'art de devenir savant jurisconsulte
Est d'approuver toujours, le vrai comme l'erreur.
Nos amis les plus chers entrent vite en fureur
Si l'on cherche à calmer l'ardeur qui les enflamme;
Toi-même, je te vois, dans le fond de ton âme,
(Si je condamne ici ta folle passion),
D'avance me maudire, et sans compassion,
Et, t'apprêtant à rompre un doux lien d'enfance,
Suspendre tes envois et ta correspondance.
J'admire trop ta prose et les vers que tu fais
Pour ainsi m'exposer, et partant je me tais!...
Non! puisqu'il faut prouver l'amitié qu'on te porte,
Je parle sans détour, la vérité l'emporte!

Toulouse et son air pur, son beau ciel étoilé,
L'art de la poésie à ses fils dévoilé,

Son rivage enchanteur, ses vastes promenades,
Ses fraîches nuits d'été, ses bals, ses sérénades
Chères aux amoureux, n'ont pour toi plus de prix.
Le démon de l'orgueil en ses piéges t'a pris ;
Du désir de tout voir ton âme dévorée,
Se ferme même aux pleurs d'une mère adorée ;
On te supplie en vain de garder le bonheur ;
L'horrible ambition vient émousser ton cœur ;
De ton heureux printemps s'effeuille la couronne,
Tu ne vois que Paris, l'éclat qui l'environne,
Et des êtres aimés, repoussant les doux vœux,
Tu leur réponds toujours : « C'est Paris que je veux !
Paris, noble cité, riante capitale
Qui fait mourir du spleen sa brumeuse rivale ;
Paris, centre chéri de la gloire et des arts,
En tous lieux, en tous temps, rêvé par les Césars !
Paris, où le talent peut déployer ses ailes,
Où pour prix l'on reçoit des palmes immortelles !
Paris, Paris, enfin, où tout est grand et beau,
Où l'on peut vivre encore au-delà du tombeau ! »

Calme tes sens, ami, dissipe ton délire,
Et sur un ton moins haut daigne accorder ta lyre ;
L'Ode et ses vers pompeux ne sont pas de saison,
Vois le monde réel, écoute la raison.

Oh! sans doute Paris garde dans son enceinte
Du génie et des arts l'ineffaçable empreinte ;
On vante ses salons, ses palais somptueux,
Son grand fleuve, ses quais, ses arcs majestueux!
Et l'on pourrait citer d'éclatantes merveilles,
Qui dans tout l'univers n'ont point eu leurs pareilles.
L'Étranger, plein d'envie, admire, au prix de l'or,
Nos bals et nos concerts, part et revient encor !
Dans des jardins charmants, l'homme épris de l'étude
Avec l'auteur chéri trouve la solitude ;
Et le Parisien est fier à tous égards
Des splendides beautés qu'offrent ses boulevards ;
Enfin, oui, Paris est la ville d'opulence,
De luxe, de bon goût, d'esprit et d'élégance ;
En plaisirs, l'homme heureux peut y passer ses jours !
Mais voyons maintenant la médaille au rebours.

Près de ces beaux quartiers, qu'au lever de l'aurore,
Le soleil radieux de ses rayons colore,
Où l'espace est immense, où l'air est vif et pur,
Où l'on peut respirer, sourire au ciel d'azur,
Non loin de ces villas où la beauté sommeille
Apparaît le réduit du malheureux qui veille.
Quels refuges affreux, quels sombres carrefours
Aux cloaques impurs, aux dangereux détours,

Où jamais le soleil ne verse sa lumière,
Où l'humidité règne infecte et meurtrière,
Où le pauvre, au lieu d'air, respire des poisons,
Lorsqu'à deux pas de lui, dans de vastes salons,
Le riche se pavane et dit : la vie est belle!...
A ses désirs jamais le sort ne fut rebelle,
Et comme tous ses jours restent riants et beaux,
Il ne soupçonne pas qu'en de tristes tombeaux
Gisent, les uns priant, d'autres couvant des haines,
Des travailleurs sans pain entassés par vingtaines!
Ou, si par le hasard ou l'intérêt conduit,
En ces quartiers maudits il pénètre la nuit,
Il oublie aussitôt, et, rêvant d'une fête,
Il presse ses chevaux et détourne la tête!...

Tu n'es pas convaincu, ce long tableau du mal
N'a pu détruire en toi ton désir infernal;
Pour te vaincre, je dois, à défaut d'éloquence,
Du moral de Paris te tracer la licence,
Te prouver qu'au physique il ressemble trop bien,
Et te montrer à nu quel vertige est le tien!

Jeune, j'eus ta candeur, et j'eus ton espérance!
Paris est, à tes yeux, des grandeurs de la France
Le bienheureux séjour, où, venant de tous lieux,
Se donnent rendez-vous nos hommes demi-dieux;

Là, les nobles esprits, méconnus dans leur ville,
Trônent avec éclat, on les compte par mille ;
Poëtes et savants vont se donnant la main,
Ils sont les rois du temps, l'orgueil du genre humain !
Ce que tu dis est vrai, certe, en littérature,
En science, en beaux-arts comme en magistrature,
Paris au monde entier ne peut rien envier,
Et du progrès humain il reste le levier !
Mais s'il contient l'élite, il garde aussi la lie ;
A l'honneur en ce lieu trop de honte s'allie !
L'honnête homme attristé rencontre à chaque pas
Des êtres insultant les vertus qu'ils n'ont pas,
Et, pour quelques grands cœurs qu'à bon droit on honore,
Quel ramas d'intrigants que le vice dévore !
Quel troupeau de bandits, quel cercle de fripons,
Adroits joueurs de bourse, échappés de prisons,
Gentilshommes du jour, riches d'ignominie,
Tenant pour tout venant école d'infamie,
Flétrissant l'innocence, et dont l'impunité
Fait la honte et l'effroi de notre humanité !

Ami, si tu pouvais sonder le fond des choses,
Ton rêve en un instant perdrait ses teintes roses ;
Tu serais effrayé de ce drame odieux,
Pour ne pas défaillir tu fermerais les yeux !

Sous ces dehors brillants, cette riche parure,
Que de corruption, d'adultère et d'usure !
On fait marché de tout : ivres de déshonneur,
La mère vend sa fille et le frère sa sœur !...
J'exagère, dis-tu ? j'ai besoin de te croire,
Je n'ose jusqu'au bout achever mon histoire !
Pour te persuader et retenir tes pas,
J'ai pu grossir le mal ; oui, je n'en réponds pas.
Ce dont je suis trop sûr, et dont mon âme souffre,
C'est du sort qui t'attend dans ce terrible gouffre,
Où viennent s'engloutir, au printemps de leurs jours,
Ceux qui loin du pays ont placé leurs amours !
A voir ils font pitié, livrés à la misère,
Ces malheureux déçus, s'épuisant en prière
Pour trouver, en retour de leur travail sans fin,
Leur place dans le monde, un asile et du pain !
L'emploi leur fait défaut bien plus que la science !
Crois ma franche amitié, crois mon expérience,
Reste où pour vivre heureux l'on n'a pas besoin d'or,
Garde la paix du cœur, ce précieux trésor,
Et ne viens pas, hélas ! quand ici l'on fourmille,
De tant d'infortunés augmenter la famille !...

Mais le Parisien est bon, me réponds-tu ?
Il tend toujours la main à qui souffre abattu !

On le cite à l'envie, on le dit secourable !
Oui, le Parisien est un type admirable ;
Mais encore une fois ne te l'exalte point,
Si parfait qu'il te semble, il pèche en plus d'un point :
Gamin, c'est par l'esprit qu'il brille et nous étonne,
Sans cesse il chante et rit, c'est la joie en personne ;
Nul mieux que lui ne sait prendre un sot pour jouet,
Et sur tout ridicule il applique son fouet !
Jeune homme, il court les bals, les plaisirs et les fêtes,
De nos faibles beautés il fait tourner les têtes,
Habile à tous les jeux, prompt à jouir du temps,
Il fait de son jeune âge un éternel printemps ;
Toujours joyeux viveur, même, Dieu me pardonne,
Vantard autant que nous, Gascons de la Garonne !
Mais quand vient l'âge mûr, adieu ce beau portrait !
De son esprit subtil il a perdu le trait,
Son cerveau s'affaiblit, il se fait politique,
Parle d'élections, de Rois, de République,
Et, dès que l'intérêt lui montre son fanal,
Il devient boutiquier, garde-national,
Jaloux de son bien-être, ami de la fortune,
Et du pauvre étranger la plainte l'importune !

Reste, ami, reste donc où le sort t'a placé,
Le foyer paternel jamais n'est remplacé !

Rien, non rien ici-bas n'est plus digne d'envie
Que de finir ses jours au berceau de sa vie,
D'être au milieu des siens, d'aider à leur bonheur,
De se voir réunis tous en un même cœur !
D'égayer la vieillesse et calmer la souffrance
De ceux dont la tendresse a guidé notre enfance,
Et, quand sonne l'instant des éternels adieux,
D'être par eux bénis, de leur fermer les yeux !
Quelle félicité vaut ce bonheur intime !
Tu ne le comprends pas; dans l'ardeur qui t'anime,
Tu veux prendre ton vol, on te retient en vain,
Tu veux le bruit, l'éclat, un grand nom d'écrivain !
Tu te dis à l'étroit dans notre bonne ville
Où les arts sont aimés, où plus d'un talent brille,
Où l'on peut, mieux qu'ici, déployer ses moyens;
Reste, deviens l'honneur de tes concitoyens !
Crois-moi, Paris, ami, n'est pas toute la France,
On peut trouver la gloire aux lieux de son enfance;
Reste, des lots de Dieu tu tiens la bonne part.
A peine à l'arrivée, on pleure le départ !
Il n'est plus temps alors, il faut finir sa tâche,
Et perdu parmi tous travailler sans relâche,
Et, quand vers le pays on se sent entraîné,
Loin de lui le malheur nous retient enchaîné !
Si tu pouvais, ami, lire au fond de mon âme,
Deviner mes pensers, le désir qui m'enflamme,

Si tu sentais en toi, de regrets dévoré,
Le besoin du retour dans l'asile adoré,
Combien tu chérirais ta paisible demeure!...
Hélas! sans vous revoir faudra-t-il que je meure,
O vous, vallons fleuris, où, fuyant les plaisirs,
Dans l'étude j'allais isoler mes loisirs;
Bords riants et dorés de ma belle Toulouse,
Fleuve limpide et pur dont la Seine est jalouse,
Toi sainte Basilique où mon cœur comprit Dieu [1],
Tout ce que j'aime enfin? M'avez-vous dit adieu!
Abri de ma famille! ô tombeau de ma mère!
O lieux où l'on vanta les vertus de mon père!
O vous, mes chères sœurs! Ne vous verrai-je plus?
Mes regrets et mes vœux seraient-ils superflus?...
Des soupirs et des pleurs!... Reviens mon énergie!
Je combats pour l'Épître et pleure l'Élégie;
Reprenons ma gaîté, car nos chers mainteneurs,
Dont je serais si fier d'obtenir les faveurs,
De flatter le bon goût, de charmer les oreilles,
Sans égards pour mes soins, sans respect pour mes veille
Pourraient, trompant mes vœux, m'écarter du concours
Clémence! prends pitié de mes constants amours;
Intercède auprès d'eux, et, comblant mon envie,
D'une de tes cinq fleurs daigne embaumer ma vie!

Saint-Sernin.

Tu ris de mon orgueil ; il faudra m'en passer :

Pour d'autres que pour moi tes rameaux vont pousser !

D'un tel malheur, ami, tu seras seul la cause,

J'aurais fait sagement de rester bouche close ;

Mais non, pour t'attendrir, il faut verser des pleurs !

Ah ! cœur trop endurci, tu m'enlèves mes fleurs !

Eh bien ! je te maudis ! va, quitte ta province,

Viens te perdre à Paris, garde tes airs de prince...

Je te hais !... Non, je t'aime et te presse la main,

Si mes conseils ont pu t'arrêter en chemin !!

Paris.—Typographie de Mme SMITH, rue Fontaine-au-Roi, 18.